BIGGLES

Détective de l'Air

LA 13e DENT DU DIABLE

Scénario original : Michel OLEFFE,
d'après les personnages créés par W.E. JOHNS
Dessin : Éric LOUTTE

Couleurs Frédéric BERGÈSE

MIKLO

Capt. W. E. Johns

Michel Oleffe

Éric Loutte

Remerciements à
Mrs Linda Shaughnessy
de l'agence A.P. Watt
à Londres

D/1997/7968/01
I.S.B.N. 2-87153-404-7

Photogravure : WESPIN
Imprimé en Belgique par PROOST
Avril 1997

WASHINGTON. AUTOMNE 1949 ...
GOOD MORNING. JE SUIS NIGEL WADDINGTON, ATTACHÉ MILITAIRE À L'AMBASSADE DE GRANDE-BRETAGNE. POUVEZ-VOUS M'INDIQUER LE BUREAU DU MAJOR KOVALSKI ?
A L'ÉTAGE, SIR.
MP
HI, NIGEL. PRENEZ UN SIÈGE, VOULEZ-VOUS ...
HELLO, BRUCE. DU NOUVEAU À CE QU'IL PARAIT ?
VOUS SAVEZ QUE, QUATRE ANS APRÈS CETTE FICHUE GUERRE DU PACIFIQUE, MON DÉPARTEMENT POURSUIT DES RECHERCHES POUR RETROUVER LA TRACE DE SOLDATS AMÉRICAINS DISPARUS DANS LES CAMPS DE CONCENTRATION JAPONAIS ...
PARFOIS, NOUS GLANONS ICI OU LÀ DES INFORMATIONS SUR DES PRISONNIERS BRITANNIQUES DÉTENUS DANS LES MÊMES CAMPS QUE NOS TYPES. VOICI LES DERNIERS DOSSIERS ...
VOYONS... ILLINGTON, SUMMERS, Mc HILLARY... GOOD HEAVENS ! SHANNON ! BRIAN SHANNON !!
LOUTTE-OLEFFE

BANLIEUE DE LONDRES. TROIS JOURS PLUS TARD...
OUI, GENTLEMEN, BRIAN SHANNON, DONT NOUS ÉTIONS SANS NOUVELLES DEPUIS AVRIL 1943, DATE À LAQUELLE SON AVION A ÉTÉ ABATTU AU-DESSUS DE LA JUNGLE DE MALAISIE...
COMMENT A-T-ON RETROUVÉ SA TRACE ?
UNE LONGUE ET CRUELLE HISTOIRE.
SHANNON, QUI AVAIT SURVÉCU À LA CHUTE DE SON AVION, A ÉTÉ FAIT PRISONNIER PAR LES JAPONAIS ET INTERNÉ DANS UN CAMP SITUÉ EN PLEINE JUNGLE. C'EST LÀ QU'IL A RENCONTRÉ UN CERTAIN HOWARD COLTON, DIT OKLAHOMA, UN DES RARES TYPES QUI AIENT PU S'ÉCHAPPER DE CET ENFER...
OKLAHOMA A ÉTÉ RETROUVÉ VIVANT, IL Y A QUELQUES MOIS, APRÈS AVOIR PASSÉ CINQ ANS AUPRÈS D'UNE PEUPLADE DE LA CÔTE DU GOLFE DE SIAM...
DANS SON DÉLIRE, OKLAHOMA PARLAIT SANS CESSE DE SON COMPAGNON DE CELLULE, UN ANGLAIS NOMMÉ BRIAN SHANNON QUI L'AVAIT CHARGÉ DE DIRE QU'IL AVAIT TROUVÉ !
TROUVÉ QUOI ?
C'EST LÀ QUE CE DOSSIER DÉBOUCHE SUR UNE AFFAIRE D'ÉTAT. SHANNON, QUI AVAIT ÉTÉ ENVOYÉ EN MALAISIE POUR ÉTUDIER LES GAZ DE COMBAT JAPONAIS, ÉTAIT UN CHIMISTE DE RENOM. IL PRÉTENDAIT POUVOIR METTRE AU POINT UN EXPLOSIF D'UNE PUISSANCE INÉGALÉE. L'ARME ABSOLUE EN QUELQUE SORTE...
LOUTTE-OLEFFE 2

C'EST INCROYABLE. LE WAR OFFICE N'A JAMAIS ÉTÉ TENU AU COURANT !
SHANNON ÉTAIT UN ORIGINAL. SES TRAVAUX N'ÉTAIENT PRIS QUE MODÉRÉMENT AU SÉRIEUX. IL AVAIT INTITULÉ SON ARME "LA 13ème DENT DU DIABLE." CE QUI DONNE LA DIMENSION ROMANTIQUE DU PERSONNAGE. CE N'EST QU'APRÈS LA GUERRE QUE LE LABORATOIRE OÙ IL TRAVAILLAIT A PU MESURER, SANS POUVOIR LA COMPLÉTER, LA TERRIBLE PORTÉE DE SON INVENTION ...
EN QUOI CELA CONSTITUE-T-IL UNE AFFAIRE D'ÉTAT ?
LE RAPPORT DES AMÉRICAINS MENTIONNE QUE SHANNON AVAIT COUVERT DE FORMULES LES MURS DE SA CELLULE. ELLES DOIVENT ENCORE Y ÊTRE. IMAGINEZ QUE CETTE INVENTION TOMBE ENTRE DES MAINS ENNEMIES ...
MAIS, ENFIN, CES INSTALLATIONS ONT DÛ ÊTRE RASÉES À LA FIN DE LA GUERRE ?
MHL 140
C'EST L'UN DES ASPECTS LES PLUS TROUBLANTS DE CETTE AFFAIRE, SIR. CE CAMP N'EXISTE PAS ! LES ARCHIVES RELATIVES AUX BASES JAPONAISES DE CETTE PARTIE DE LA MALAISIE ONT ÉTÉ DÉTRUITES LORS D'UN BOMBARDEMENT SUR TOKYO. QUANT À LA GARNISON, ELLE A PROBABLEMENT COULÉ AVEC LE NAVIRE QUI LA RAPATRIAIT ...
King Cobra
MESSIEURS, PUIS-JE VOUS PROPOSER LES SERVICES DE LA MEILLEURE ÉQUIPE DE SCOTLAND YARD !?
EN D'AUTRES TERMES, NOTRE PROBLÈME EST DE RÉCUPÉRER LA FORMULE D'UN ILLUMINÉ DANS UN CAMP QUE PERSONNE NE PEUT SITUER ?
A PEU PRÈS
LOUTTE-OLEFFE 3

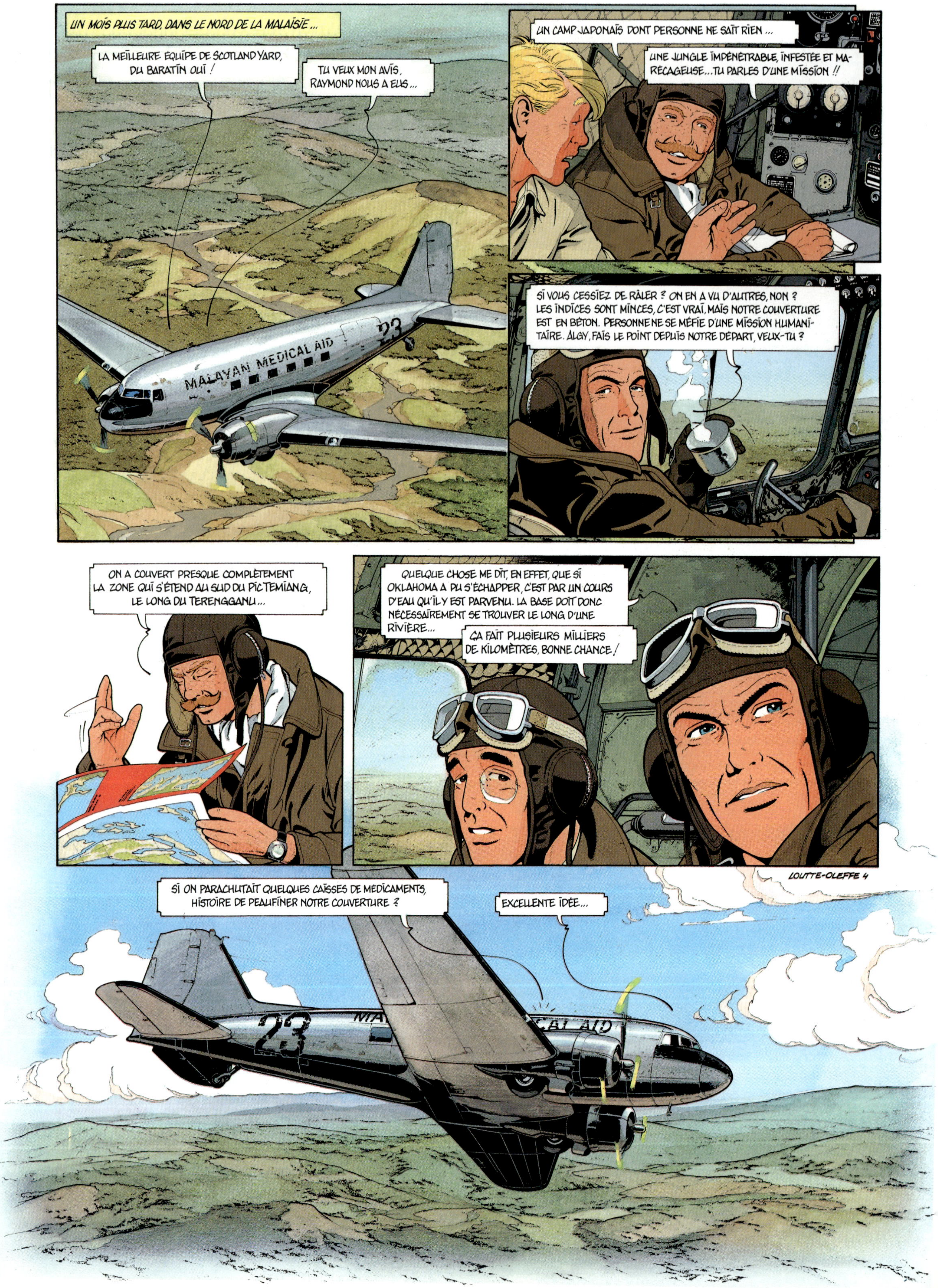
UN MOIS PLUS TARD, DANS LE NORD DE LA MALAISIE ...
LA MEILLEURE EQUIPE DE SCOTLAND YARD, DU BARATIN OUI !
TU VEUX MON AVIS, RAYMOND NOUS A EUS...
MALAYAN MEDICAL AID
23
UN CAMP JAPONAIS DONT PERSONNE NE SAIT RIEN ...
UNE JUNGLE IMPÉNÉTRABLE, INFESTÉE ET MARÉCAGEUSE...TU PARLES D'UNE MISSION !!
SI VOUS CESSIEZ DE RÂLER ? ON EN A VU D'AUTRES, NON ? LES INDICES SONT MINCES, C'EST VRAI, MAIS NOTRE COUVERTURE EST EN BÉTON. PERSONNE NE SE MÉFIE D'UNE MISSION HUMANITAIRE. ALGY, FAIS LE POINT DEPUIS NOTRE DÉPART, VEUX-TU ?
ON A COUVERT PRESQUE COMPLÈTEMENT LA ZONE QUI S'ÉTEND AU SUD DU PICTEMIANG, LE LONG DU TERENGGANU...
QUELQUE CHOSE ME DIT, EN EFFET, QUE SI OKLAHOMA A PU S'ÉCHAPPER, C'EST PAR UN COURS D'EAU QU'IL Y EST PARVENU. LA BASE DOIT DONC NÉCESSAIREMENT SE TROUVER LE LONG D'UNE RIVIÈRE...
ÇA FAIT PLUSIEURS MILLIERS DE KILOMÈTRES, BONNE CHANCE !
LOUTTE-OLEFFE 4
SI ON PARACHUTAIT QUELQUES CAISSES DE MEDICAMENTS, HISTOIRE DE PEAUFINER NOTRE COUVERTURE ?
EXCELLENTE IDÉE...
23

(1) VOIR "LE VOL DU WALLENSTEIN"

LE LENDEMAIN...
MY CANDY MAN, HE'S BEEN AND GONE...
MALAYAN MEDICAL AID
9M-AKC
23
...HIS NAME'S JOHN...
RIEN. SI CE N'EST UN VILLAGE DE TEMPS EN TEMPS ...
ACCROCHEZ-VOUS, LE CIEL SE COUVRE. ON RACONTE QUE LES ORAGES SONT D'UNE RARE VIOLENCE DANS LE COIN...
TU NE CROIS PAS SI BIEN DIRE. REGARDE CE QUI NOUS ARRIVE !
UN TYPHON !

D'UN COUP, LE DAK BASCULE !
AAAAAAH !!
ATTENTION !!
IMPOSSIBLE DE FAIRE LE POINT. LES INSTRUMENTS TOURNENT FOU...
ÇA A L'AIR DE SE CALM...?
AH!
MALAYAN MEDICAL AID
TAKATAKA TAK TAK
LOUTTE-OLEFFE 7

MAIS... ON NOUS TIRE DESSUS !!
TONG
TAONG
PAK
KLANG
TONG
CLING
MAL
LES COMMANDES NE RÉPONDENT PLUS !
IMPOSSIBLE DE SE POSER DANS CETTE JUNGLE !
MALAYAN MEDICAL AID
JE VAIS ESSAYER D'ATTERRIR SUR CE BANC DE SABLE...
LÀ ! UN COURS D'EAU...
BRO...
BROO...BR..
LOLITTE-OLEFFE 8

MALAYAN MEDICAL AID
BANG
TIRONS-NOUS D'ICI, AVANT QUE CELA SAUTE...
LA RADIO EST MORTE !!
MALAYAN MEDICAL A
A TERRE, VITE !
LOUTTE-OLEFFE 9

AOM
ESSAYONS DE GAGNER LA RIVE...
VOUS CROYEZ QU'IL Y A DES CROCODILES PAR ICI ?
IL Y EN A AUTANT QUE DE MOUSTIQUES...
HÉ, PAS DE BLAGUES. J'AI HORREUR DE CES BESTIO...
AAAH!!
PAN PAN
PFFF !!
LOUTTE - OLEFFE

DES MOUSTIQUES, DES FOURMIS, DES ARAIGNÉES, DES SERPENTS... CHARMANT PAYS !!
OUI ET JE VOIS MAL COMMENT SORTIR D'ICI ...
... LA TEMPÊTE A DÛ NOUS ENTRAÎNER LOIN DE NOTRE ZONE DE PATROUILLE. NOUS SOMMES BEL ET BIEN PERDUS ...
LA MEILLEURE SOLUTION EST DE LONGER LE FLEUVE ...
... NOUS FINIRONS BIEN PAR REJOINDRE LA CÔTE ...
TIENS ! ON DIRAIT UN VILLAGE LÀ-BAS ...
!?

QUELLE HORREUR ! ILS ONT ÉTÉ MASSACRÉS...
PAR ICI !
UNE VILLAGEOISE EST ENCORE VIVANTE !!
BAD MEN... VENUS. TOUT BRÛLÉ. JAMILA... SEULE... VIV... VIVANTE !!
QUI SONT CES HOMMES ? OÙ SONT-ILS PASSÉS ?
PLANTATION, VERS L'EST...
BERTIE, VOIS SI ON PEUT RÉCUPÉRER UN PEU DE NOURRITURE. NOUS ALLONS ESSAYER DE RALLIER CETTE PLANTATION.
C'EST PEUT-ÊTRE DANGEREUX. NOUS NE SAVONS PAS QUI SONT CES TYPES...
NOUS N'AVONS PAS D'ALTERNATIVE... C'EST CELA OU MOURIR DANS LA JUNGLE...
LE GROUPE S'EST REMIS EN ROUTE PAR UNE PETITE PISTE DE FORÊT...
LA PISTE S'ÉLARGIT...
... JAMILA DEVRAIT PASSER DEVANT.
JAMILA PAS VENIR... BAD MEN !!
LOUTTE-OLEFFE 12

DEPUIS LE TEMPS QUE NOUS MARCHONS ... SELON JAMILA, LA PLANTATION NE DEVRAIT PLUS ÊTRE TRÈS LOIN ...
JE N'Y ARRIVERAI JAMAIS. J'AI LES JAMBES EN COTON !
TIENS QU'Y A-T-IL AU SOL ?
DES TRACES DE CAMIONS !?
HANDS UP !!
QUE VENEZ-VOUS FAIRE ICI, CHIENS D'ANGLAIS ?
NOUS SOMMES MEMBRES D'UNE MISSION HUMANITAIRE. NOTRE AVION S'EST ÉCRASÉ...
CES TERRES APPARTIENNENT DÉSORMAIS À LA RÉVOLUTION ! LES BANDITS COLONIALISTES SONT NOS ENNEMIS ...
HÉ ! HÉ ! HÉ !
MAIS NOUS...
HOW !
JE VAIS T'APPRENDRE À RÉPONDRE À UN COMMISSAIRE DU PEUPLE DE MALAISIE, VIPÈRE CAPITALISTE...
DEBOUT !!
LOUTTE-OLEFFE 13

UN INSTANT, ADJIAD !
QUI ÊTES-VOUS ?
NOUS SOMMES DES EMPLOYÉS DE LA MALAYAN MEDICAL AID. NOTRE AVION A ÉTÉ ABATTU ...
OUAIS. PAS TRÈS NETTE VOTRE HISTOIRE. ON VA VOUS BOUCLER JUSQU'À NOUVEL ORDRE, LE TEMPS DE VÉRIFIER ...
NOUS VOILÀ DANS DE BEAUX DRAPS !
JE ME DEMANDE CE QUI SE TRAME ICI ...
PAS QUESTION DE CIRCULER DANS LA PLANTATION. JE VOUS PRÉVIENS, MES HOMMES TIRENT À VUE ...
LA NUIT EST TOMBÉE SUR LE VILLAGE ...
LOUTTE · OLEFFE '14

QU'EST-CE QUE...
JAMILA?
CASEY ET ADJIAD VOULOIR TUER VOUS DEMAIN. PARTIR MAINTENANT
TIENS, ON VA SAVOIR CE QUE MIJOTENT CASEY ET SES TYPES...
ÇA ALORS, DES ARMES!
ET ICI DE L'OPIUM!
NOUS SOMMES TOMBÉS DANS UN RÉSEAU DE TRAFIQUANTS. IL VA FALLOIR FILER D'ICI LE PLUS VITE POSSIBLE!
MISÉRABLES ESPIONS. CETTE FOIS, VOUS N'ÉCHAPPEREZ PAS À LA JUSTICE POPULAIRE...
!?
LOUTTE-OLEFFE 15

TAC TAC TAC
LES COUPS DE FEU VONT DONNER L'ALERTE. FILONS !
AUX CAMIONS ! ILS NE DOIVENT PAS NOUS ÉCHAPPER...
NOUS SOMMES SUIVIS. ILS N'AURONT PAS ÉTÉ LONGS À RÉAGIR ...
HEUREUSEMENT, NOUS AVONS DE QUOI NOUS DÉFENDRE ...
J'ESSAYE À DROITE !!
THE DEVIL ! LA PISTE EST IMPRATICABLE ! NOUS N'IRONS PAS PLUS LOIN !

ALORS, BERTIE, TU VIENS ?
VOILÀ ...
... JE LEUR AI LAISSÉ UN PETIT SOUVENIR ...
UN GROUPE AVEC MOI, LES AUTRES, ALLEZ RÉCUPÉRER LE MATÉRIEL DANS LE CAMION ...
LOUTTE-OLEFFE 17

NOUS ARRIVONS DANS UNE MANGROVE. IL DOIT Y AVOIR UN COURS D'EAU PRES D'I...
SPLASH!
JE...JE M'ENFONCE !
EN EFFET, LA RIVIÈRE DOIT ÊTRE TOUTE PROCHE MAINTENANT !
C'EST MALIN !!
ATTENTION !!
IL N'Y A PAS D'AUTRE ISSUE QUE LA MONTAGNE !!
LOUTTE-OLEFFE 18

!?
TAKTAKTAK
CETTE FOIS, NOUS LES TENONS ! PLUS VITE, BANDE D'EMPOTÉS...
PAS... PAS LÀ ! ÇA, MAUVAISE TERRE...
QU'EST-CE QUE C'EST ENCORE QUE CES HISTOIRES ?!
ON DIRAIT QU'ILS HÉSITENT À NOUS POURSUIVRE...
ICI, PAYS DES HOMMES MORTS. MAUVAIS...
AAAAH !!
UN ANCIEN CHAMP DE BATAILLE AVEC LES CADAVRES DE SOLDATS JAPONAIS !
VOILÀ CE QUE REDOUTENT LES INDIGÈNES...
LOUTTE-OLEFFE 99

CETTE MONTAGNE SEMBLE IMPRESSIONNER CASEY ET SES...
MOI SAVOIR... M... MONTAGNE MAUDITE !
COMMENT ÇA, DES FANTÔMES ? AH, ILS SONT BEAUX LES COMBATTANTS DE LA RÉVOLUTION ! ALLEZ CHERCHER WILKINS ET SES GORILLES. CEUX-LÀ, AU MOINS, N'ONT PEUR DE RIEN ...
?
VENEZ VOIR ...
LOUTTE-OLEFFE 10

POURQUOI LES JAPONAIS DÉFENDAIENT-ILS L'ENTRÉE DE CE TEMPLE ?
ET CONTRE QUI ? IL N'Y A PAS DE TRACE DE SOLDATS ALLIÉS ...
HÉ, VENEZ VOIR PAR ICI ...
UNE PORTE ! SANS DOUTE L'ENTRÉE D'UN DÉPÔT ...
DIEU SAIT CE QUE NOUS ALLONS TROUVER DERRIÈRE CE PANNEAU !
LOUTTE-OLEFFE 21

ÇA BOUGE !
CRIIIIII !
CECI DEVAIT ÊTRE LE POSTE DE COMMANDEMENT...
CELUI-LÀ S'EST FAIT HARA-KIRI !
TOUS CES MORTS ! QU'EST-CE QUI S'EST PASSÉ ICI ?
ILS ONT ÉTÉ LIQUIDÉS. PRISONNIERS ET GARDIENS, SANS DISTINCTION...
OH !
LOUTTE-OLEFFE 22

UN ARSENAL ! DE QUOI FAIRE SAUTER LA MOITIÉ DE LA MALAISIE...
ET ICI, REGARDEZ !!
!?!
DE L'OR. DES BIJOUX. TOUT CE QUE LES JAPONAIS ONT PU PILLER DANS CETTE PARTIE DE L'ASIE...
FAUDRAIT PAS QUE CASEY ET SES TRAFIQUANTS TOMBENT LÀ-DESSUS...
ATTENDEZ... L'ARSENAL ! LE TRÉSOR ! CETTE BASE DEVAIT ÊTRE ENTOURÉE DU SECRET LE PLUS ABSOLU.
LE HAUT COMMANDEMENT JAPONAIS A PU DÉCIDER DE SACRIFIER LES PRISONNIERS ET LA GARNISON AFIN QUE PERSONNE NE SACHE JAMAIS OÙ ELLE SE TROUVAIT... PAS LA MOINDRE ARCHIVE. PAS DE TÉMOINS. SEULS QUELQUES FANATIQUES DÉCIDANT DU MEURTRE DE CENTAINES DE DÉTENUS ET DE SOLDATS, DANS L'ESPOIR IMPROBABLE DE REPRENDRE UN JOUR LE COMBAT...
SERAIT-CE LA BASE INTROUVABLE OÙ A ÉTÉ DÉTENU SHANNON ?
IL N'Y A QU'UN SEUL MOYEN DE LE SAVOIR. FOUILLER TOUTES LES CELLULES...
QUELLE HORREUR !
LOUTTE-OLEFFE 23

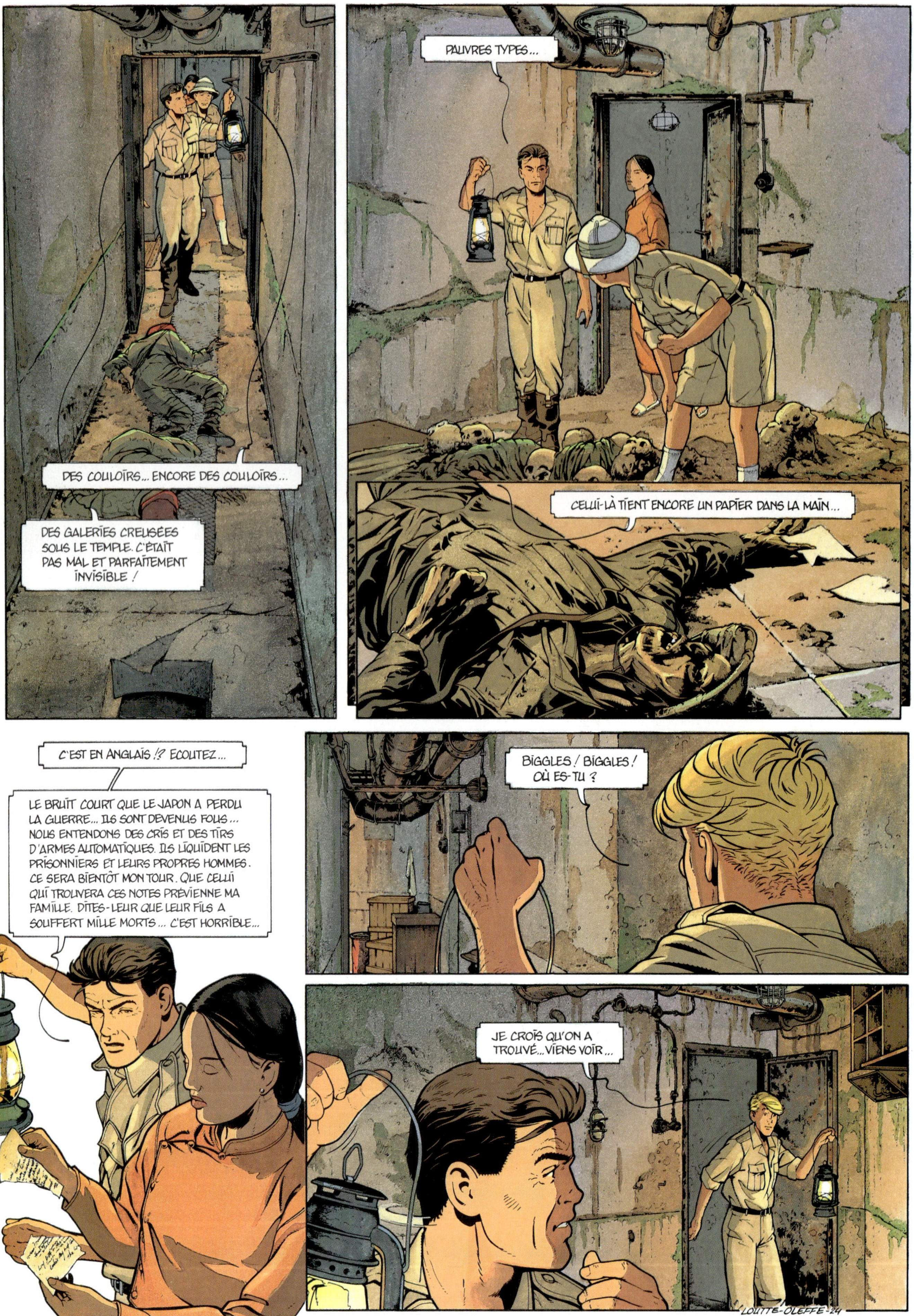
DES COULOIRS... ENCORE DES COULOIRS...
DES GALERIES CREUSÉES SOUS LE TEMPLE. C'ÉTAIT PAS MAL ET PARFAITEMENT INVISIBLE !
PAUVRES TYPES...
CELUI-LÀ TIENT ENCORE UN PAPIER DANS LA MAIN...
C'EST EN ANGLAIS !? ECOUTEZ...
LE BRUIT COURT QUE LE JAPON A PERDU LA GUERRE... ILS SONT DEVENUS FOUS... NOUS ENTENDONS DES CRIS ET DES TIRS D'ARMES AUTOMATIQUES. ILS LIQUIDENT LES PRISONNIERS ET LEURS PROPRES HOMMES. CE SERA BIENTÔT MON TOUR. QUE CELUI QUI TROUVERA CES NOTES PRÉVIENNE MA FAMILLE. DITES-LEUR QUE LEUR FILS A SOUFFERT MILLE MORTS... C'EST HORRIBLE...
BIGGLES ! BIGGLES ! OÙ ES-TU ?
JE CROIS QU'ON A TROUVÉ... VIENS VOIR...
LOUTTE-OLEFFE

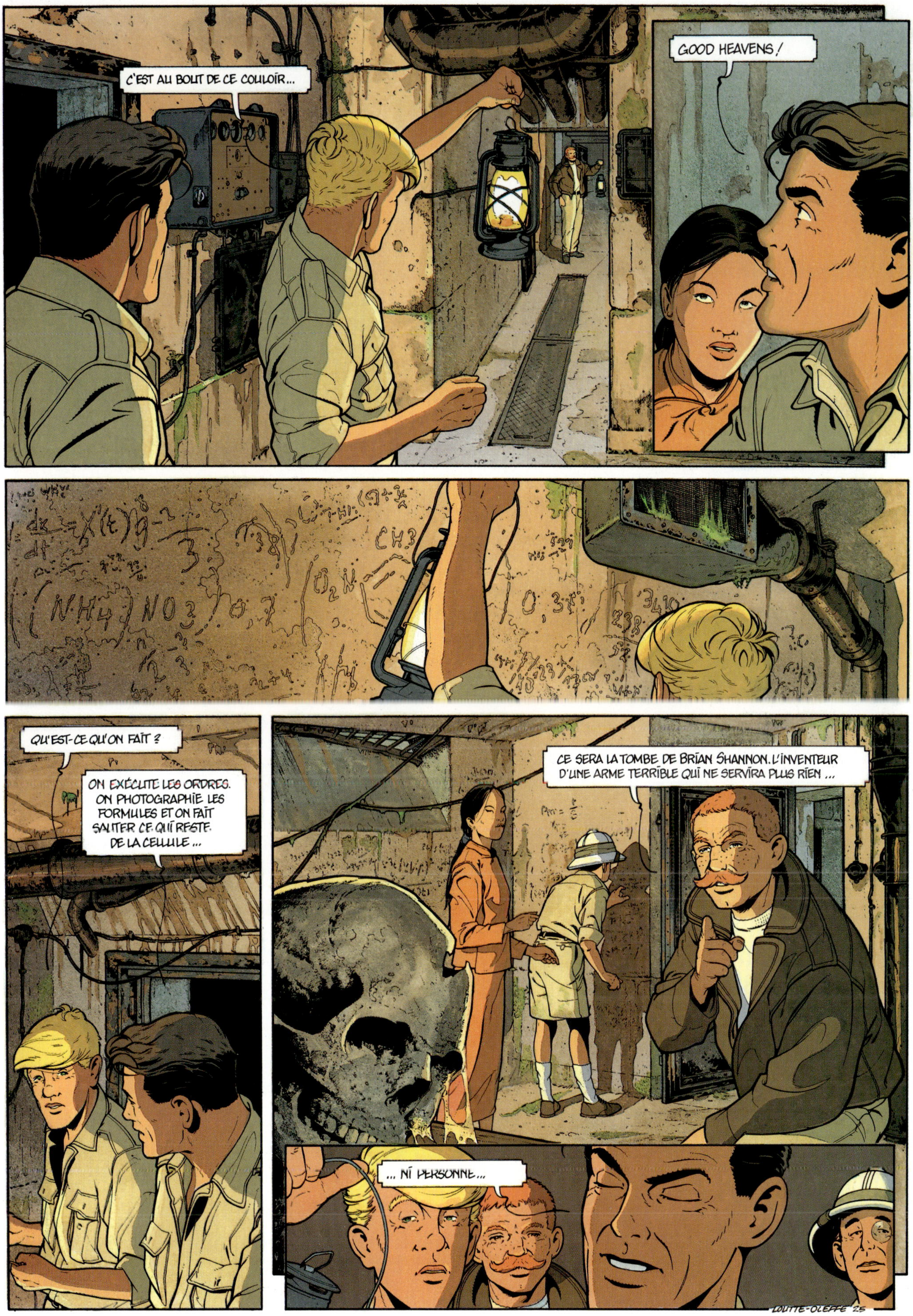
C'EST AU BOUT DE CE COULOIR...
GOOD HEAVENS !
QU'EST-CE QU'ON FAIT ?
ON EXÉCUTE LES ORDRES. ON PHOTOGRAPHIE LES FORMULES ET ON FAIT SAUTER CE QUI RESTE DE LA CELLULE ...
CE SERA LA TOMBE DE BRIAN SHANNON. L'INVENTEUR D'UNE ARME TERRIBLE QUI NE SERVIRA PLUS RIEN ...
... NI PERSONNE...
LOUTTE-OLEFFE 25

LES CHARGES SONT PRÊTES...
ON VA FAIRE SAUTER LA BASE. IL NE S'AGIRAIT PAS DE LAISSER L'ARSENAL À CASEY ET SES CLIENTS. ET PUIS, CELA FERA UNE TOMBE POUR TOUS CES MALHEUREUX...
ÇA VA FAIRE UN FAMEUX FEU D'ARTIFICE. IL SERAIT PRUDENT DE S'ÉLOIGNER D'ABORD...
IL A RAISON. IL DOIT Y AVOIR UNE ISSUE VERS LA RIVIÈRE...
CLIK
IL ME SEMBLE AVOIR VU DES PLANS DANS LE POSTE DE COMMANDEMENT...
ÇA Y EST !!

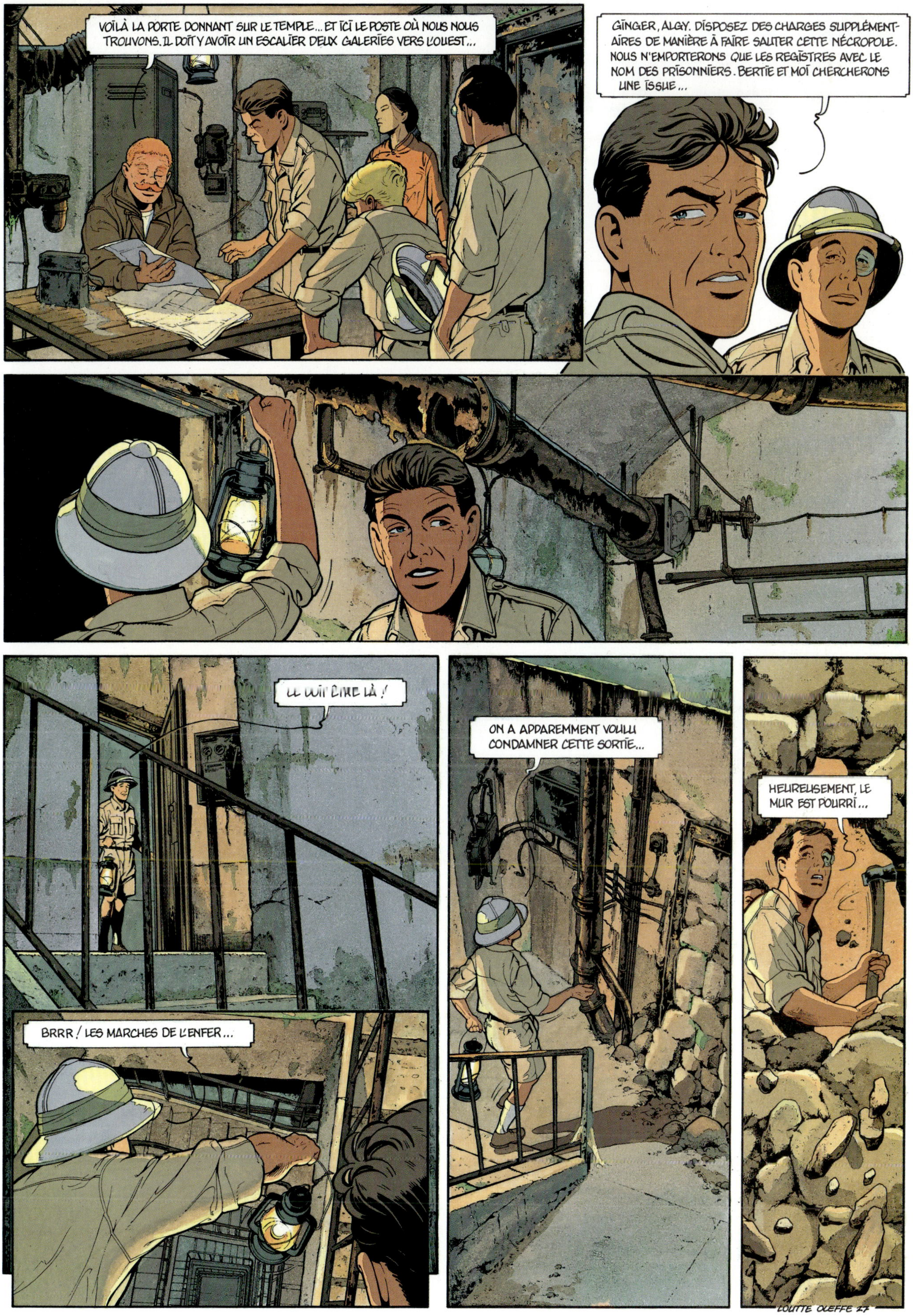
VOILÀ LA PORTE DONNANT SUR LE TEMPLE... ET ICI LE POSTE OÙ NOUS NOUS TROUVONS. IL DOIT Y AVOIR UN ESCALIER DEUX GALERIES VERS L'OUEST...
GINGER, ALGY. DISPOSEZ DES CHARGES SUPPLÉMENTAIRES DE MANIÈRE À FAIRE SAUTER CETTE NÉCROPOLE. NOUS N'EMPORTERONS QUE LES REGISTRES AVEC LE NOM DES PRISONNIERS. BERTIE ET MOI CHERCHERONS UNE ISSUE...
LÀ !
BRRR ! LES MARCHES DE L'ENFER...
ON A APPAREMMENT VOULU CONDAMNER CETTE SORTIE...
HEUREUSEMENT, LE MUR EST POURRI...
LOUTTE OLEFFE 27

(1) NAKAJIMA A6 M2-N (VERSION HYDRAVION DU MITSUBISHI "ZÉRO")

DIS, TU NE TROUVES PAS ÇA BIZARRE, DES ZINCS EN PARFAIT ÉTAT !!
UN ATELIER ! COMME SI LE MÉCANO ÉTAIT PASSÉ CE MATIN ...
LE PLEIN EST FAIT ! C'EST À N'Y RIEN COMPRENDRE !
EN TOUT CAS, VOILÀ L'OCCASION DE QUITTER CE LIEU MAUDIT. ALLONS CHERCHER LES COPAINS...

DES AVIONS... C'EST VRAIMENT INCROYABLE !
PEUT-ÊTRE PAS. SANS DOUTE QUELQU'UN EST-IL RESTÉ POUR GARDER LES LIEUX. LES JOURNAUX SONT PLEINS DE CES HISTOIRES DE SOLDATS JAPONAIS POURSUIVANT, TOUT SEULS DANS LA JUNGLE, LEUR COMBAT POUR L'EMPEREUR...
TU CROIS QU'IL Y EN A ICI ? TOUT PRÈS DE NOUS ?
C'EST POSSIBLE. JE NOUS SOUHAITE DE NE PAS LES RENCONTRER...
JAMILA !!
GINGER, ALGY... OÙ ÊTES-VOUS ?
JAMILA, GINGER, AL...
!?
SALUT, SUCKER !
TU NE CROYAIS QUAND MÊME PAS QUE CASEY ALLAIT LAISSER TOMBER, NON ? PAS VRAI, WILKINS ?
HÉ, HÉ, HÉ !
BON, C'EST PAS QU'ON S'ENNUIE, MAIS JE NE COMPTE PAS M'ÉTERNISER DANS CE TROU À RATS...
LOUTTE-OLEFFE 30

VOUS ALLEZ D'ABORD AIDER VOS COPAINS À TRANSPORTER L'OR. C'EST PAS LE GENRE DE TRUC À LAISSER AUX COMBATTANTS DE LA RÉVOLUTION ...
C'EST SÛR ...
MONTEZ LA GARDE ICI, VOUS AUTRES. NOUS RÈGLERONS NOS COMPTES PLUS TARD...
TANT QUE TU NE TE TIRES PAS AVEC NOTRE PART, C'EST OK, CASEY !
ÇA AVANCE, CASEY !
PARFAIT LES GARS ...
ALLEZ, CHARGEZ-MOI TOUTES CES CAISSES SUR LE TRAIN ! ON VA LES SORTIR D'ICI ...
PAN
PAN
PAN
THE DEVIL ! QUE SE PASSE-T-IL ?
31

SKIP ET HANK, ACCOMPAGNEZ-MOI...
AU BOULOT, VOUS AUTRES...
HOW !!
AAAAAH !!
TAC TAC TAC...
TAC...
HEIN ?! QUE...
VITE, GINGER, ALLUME LES MÈCHES. DANS UNE DEMI-HEURE TOUT DOIT SAUTER !

BY JOVE !!
CASEY !? CASEY ET SES HOMMES SE SONT FAIT DESCENDRE...
DES JAPS ! QU'EST-CE QUE C'EST QUE CETTE HISTOIRE ??
DE RETOUR DANS LE POSTE DE COMMANDEMENT...
!?
CEUX-LÀ ONT ÉTÉ TUÉS AU SABRE ! C'EST À N'Y RIEN COMPRENDRE...
ON N'A PAS LE TEMPS DE FAIRE UNE ENQUÊTE. JE VOUS RAPPELLE QUE TOUT VA BIENTÔT SAUTER !! FILONS !
LOUTTE-OLEFFE 93

UN INSTANT GINGER... NOS LANTERNES RISQUENT DE NOUS FAIRE REPÉRER ! BERTIE ET MOI ALLONS PASSER DEVANT...
LÀ, L'ENTRÉE DE LA GALERIE QUI CONDUIT À L'ESCALIER...
J'AVANCE JUSQU'À LA PORTE. COUVRE-MOI...
PERSONNE...
OUVRE L'OEIL, J'Y VAIS...
TOUT A L'AIR CALME... TROP CALME...
!?
TOMARÉ !! (1)
LOUTTE-OLEFFE 34

(1) HALTE !!

HE!?
CLIC
!?
BANG
BANG
ARG !!
BANG
BA
AH!
JAMILA !?
MON DIEU !!!
BANG
PAUVRE FILLE... IL FAUT FILER MAINTENANT...
ELLE... ELLE EST MORTE !
LOUTTE · OLEFFE 35

ÇA ALORS, DES ZINCS !
BON... ON VA ESSAYER DE SE DÉBROUILLER...
WIIIIIII BRAAT...TA...TAT
ZUT, BLOQUÉ !
C'EST PAS LE MOMENT DE NOYER LE MOTEUR !
WIIIIIII BRAAAT...T...T
WIIIIIII BRAATROOROOAAAR
YIPEE !!
LOUTTE-OLEFFE 96

IMPOSSIBLE DE DÉCOLLER ICI...
CE CHENAL DOIT DÉBOUCHER SUR
UN PLAN D'EAU PLUS LARGE...
LÀ !!
"ALEA JACTA EST..."
47-03
T... T... BRAAT

LE CIEL, ENFIN !
DOMMAGE, JE COMMENÇAIS À M'Y HABITUER, MOI, À CES SOUTERRAINS !
ESSAIE PLUTÔT DE JOINDRE RAYMOND SUR LA FRÉQUENCE SECRÈTE AU LIEU DE DIRE DES BÊTISES ...
... ÇA DEVRAIT MARCHER ...
VOILÀ ...

ALLÔ, ALLÔ. POUSSINS APPELLENT MÈRE POULE ...
ÇA Y EST, J'AI LE CONTACT ...
HÉ !?
A PROPOS DE CONTACT, IL Y A AUTRE CHOSE QUI NOUS ARRIVE ...
!?
HEIN ! LE "RUFE" !!
JE CROIS COMPRENDRE. CELUI-LÀ NOUS A LAISSÉ FILER POUR AVOIR LE PLAISIR DE LIVRER SON DERNIER COMBAT ...
PRÉPAREZ-VOUS À RAMASSER ...
... DES PRUNEAUX !
LOUTTE-OLEFFE 39

TAC...TAC
A NOUS DEUX SENSEÏ !!
TAC TAC TACATAC TACTA
MAÏS...
QU'EST-CE QU'IL FAÏT !?
LOUTTE-OLEFFE 40

TAC...TAC
TAC TAC
ATTENDS, SALAUD !
LOUTTE-OLEFFE 41

BAOOM
ON L'A EU !!
OUI, MAIS NOUS SOMMES SALEMENT TOUCHÉS ...
BROOO... BRO... BR
LA MER !!
LÀ, BIGGLES, REGARDE !!

UNE FOIS L'APPAREIL POSÉ, LANCEZ-VOUS À L'EAU SANS TARDER !
ATTENTION...
TSHAF
TSHAF
ALLEZ-Y!!
ÇA VA SA BLESSURE ?
IL LUI FAUDRAIT DES SOINS...
VLOUF VLOUF VLOUF
OH!?
LOUTTE-OLEFFE 43

DESSIN
ERIC LOUTTE
SCÉNARIO
MICHEL OLEFFE

RÉALISATION DE PLUSIEURS DÉCORS IVAN FERNANDEZ - COLORIAGE FRÉDÉRIC BERGÈSE

KAWANISHI E11K1

L'hydravion triplace de reconnaissance Kawanishi E11K1 fut conçu pour rivaliser avec le Aichi E11A1, soit opérer des missions de reconnaissance à partir de navires de la Marine Japonaise.
Le E11K1 était pourvu de plusieurs équipements d'avant-garde : les ailes de ce monoplan avaient la forme des ailes d'une mouette et les flotteurs, en bouts d'ailes, étaient rétractables. Le moteur à refroidissement par eau de type HIRO 91 était fixé au-dessus de la carlingue de l'appareil au moyen d'une structure métallique, le radiateur était placé derrière le poste de pilotage.
Un second prototype fut équipé d'un train d'atterrissage rétractable. Les essais du E11K1 débutèrent en 1937, mais la Force Aérienne de la Marine Japonaise sélectionna finalement le Aichi E11A1 qui fut mis en production. Les deux prototypes E11K1 furent finalement utilisés, pendant la guerre, en tant qu'hydravions de transport de type 96.

Extrait de *War Planes*

NAKAJIMA A6MN

Dès 1940, la Marine avait prévu la conquête rapide d'archipels pour matérialiser, à l'est du Japon, la frontière de la « grande sphère de coprospérité asiatique ». Pour défendre ces îles, l'idée - bien mauvaise - était de construire un hydravion de chasse. Un projet avait été confié à Kawanishi, spécialiste des hydravions, qui ne put achever ses travaux en temps voulu. La solution vint finalement de Nakajima qui participait à la production de l'A6M « Zéro ». Une cellule de ce dernier fut transformée avec un grand flotteur central, deux petits ballonnets et une petite dérive ventrale. Ce fut l'A6M2-N (nom de code allié « Rufe ») que la Marine prit en compte en janvier en tant que type 11. Engagé, en juin 1942, l'A6M2-N fut décevant. Entre août et novembre 1942, 32 « Rufe », l'effectif total du Kokutaï de Yokohama, du 14e Kokutaï et du groupe aérien du Kamikawa-Maru, furent détruits ou abattus à Guadalcanal. La campagne des Aléoutiennes ayant été tout aussi désastreuse, le commandement reconnut, à la fin de 1942, l'échec de la formule et confia à l'A6M2-N les missions moins exposées de patrouilles maritimes. Construit à 327 exemplaires, le premier hydravion de chasse japonais finit la guerre en seconde ligne avant de prendre part aux offensives « Kamikaze ».

Extrait du *Fana de l'aviation*

CHEZ LE MÊME ÉDITEUR

SÉRIE BIGGLES :

1 Le cygne jaune

2 Les pirates du Pôle Sud

3 Le bal des Spitfire

4 La bataille d'Angleterre

5 Le vol du Wallenstein

6 Squadron Biggles

7 Le dernier Zeppelin

8 La bataille de France

9 La 13e dent du diable

L'épée de Wotan

BIGGLES PRESENTE…

1 Mes avions de papier

2 Paul Lengellé
EN PRÉPARATION

FRANCIS BERGÈSE HÉRITAGE

1 Un taxi pour les îles

2 Dany, médecin des nuages
EN PRÉPARATION

3. & 4. Jacques Renne
EN PRÉPARATION